Die Mühlhäuser Batseba

Eine Kurzgeschichte

von Yvonne Bauer

Nach einer wahren historischen Begebenheit

Bibliografische Information der Deutschen Nationalbibliothek:
Die Deutsche Nationalbibliothek verzeichnet diese Publikation in der Deutschen Nationalbibliografie; detaillierte bibliografische Daten sind im Internet über www.dnb.de abrufbar.

Impressum
Die Mühlhäuser Batseba
von Yvonne Bauer (Autor)
Preis 3,99 Euro
4. Auflage
Copyright: © 2015 Yvonne Bauer
Herstellung und Verlag: BoD – Books on Demand, Norderstedt
ISBN: 978-3-7386-3405-1

»Den Wahn erkennt natürlich niemals, wer ihn selbst noch teilt.«
Sigmund Freud (1856 - 1939)

Inhaltsverzeichnis

Mühlhausen, 22. Dezember AD 1765   7

Mühlhausen, 9. Januar AD 1766   24

Mühlhausen, 27. März AD 1766   33

Nebra, 29. März 1766   42

Anmerkungen der Autorin   49

Über die Autorin   51

Mühlhausen, 22. Dezember AD 1765

»Nein, lasst mich los!«
Das Echo meines ohrenbetäubenden Schreis hallte von den Wänden des Gotteshauses wider. Hände griffen nach mir.
»Bitte, bitte, lasst mich doch los! Ich will zu ihm! Lasst mich um Himmels willen zu ihm!«
Ich rief den Gottesmann in der Kanzel an.
»Deine Rechte sind mein Lied in dem Hause meiner Wallfahrt ...«
Erneut zerrten Hände an mir. Warum hörte denn keine dieser Frauen auf mich? Sahen sie nicht, was hier vor sich ging? Wieso schauten mich alle Menschen so entsetzt an?
Ein Mantel wurde mir über die Schultern geworfen. Die Wolle kratzte auf meiner nackten Haut.
»Das könnt ihr doch nicht tun! Gott hat es mir gesagt!«
»Frau, komm beruhige dich! Du störst den Gottesdienst am heutigen vierten Advent! Du machst dich nur unglücklich!«
Verzweifelt versuchte ich die Hände abzuschütteln, die mich davon abhielten, zum Herrn Superintendenten vorzudringen.
»Ich bin ein Engel Gottes! Ihr dürft mich nicht aufhalten!«
»Jetzt ist es aber genug, Weib!«
Gnadenlos wurde ich in Richtung der

Kirchenpforte gezogen. Ich wehrte mich, so gut ich nur konnte, versuchte zu treten, zu kratzen, doch die eisernen Griffe lockerten sich nicht.

Ein Mann schob mich vor die Tür und schloss die Pforte.

»Weib bist du noch ganz bei Sinnen? Es ist ein schweres Vergehen, den Kirchenfrieden auf diese lästerliche Art und Weise zu stören. Die Kirchendiener haben schon nach den Wachen geschickt.«

Der Schnee unter meinen Füßen ließ mir die Fußsohlen erfrieren. Der eisige Wind suchte sich seinen Weg durch die Ritzen des Mantels hindurch und ließ die Eiseskälte meine Beine hinaufkriechen. Bald war es mir unmöglich, das Aufeinanderklappern der Zähne nur einen weiteren Moment zu unterdrücken, so sehr ich mich auch bemühte.

Mein langes braunes Haar wurde vom Wind aufgewirbelt und peitschte mir ins Gesicht, sodass es mir die Sicht versperrte.

So sah ich die beiden grobschlächtigen Soldaten nicht, die auf mich und den Mann, der mich aus der Marienkirche geführt hatte, zukamen.

»Gott zum Gruße Herr Schüler. Ein Messdiener hat nach uns schicken lassen.«

»Das ist richtig. Dieses Weib hier ist nackt in die Kirche getreten und hat den Gottesdienst gestört.«

Der Blick, den die beiden sich zuwarfen, war an Spott kaum zu überbieten.

»Biste eine der Huren aus der Rosengasse und hast nicht das richtige Kleid für die Messe gefunden?«

Der größere der Wachmänner klopfte sich, während er über seinen eigenen Witz lauthals lachte, auf die Knie.

»Ich, eine Dirne? Wie könnt Ihr es wagen! Ich bin eine Prophetin!«

Wütend, mit geballten Fäusten stand ich vor den Männern, die sich vor Lachen die Bäuche hielten.

»Eine Prophetin? So, so ...«

»Gott hat mich gesandt ...«

»... Nun ist es genug, Weib. Spar dir die Geschichte für den Amtmann auf. Du wirst deine Spucke noch brauchen.«

Grob griff er nach meinem Arm und zerrte daran. Ich stemmte die Fersen in den Boden und weigerte mich, auch nur einen Schritt zu laufen.

»Komm schon! Du bist ja störrischer als ein Esel. Ich verliere gleich die Geduld.«

Dann zog der zweite der Wachmänner an dem anderen Arm. So sehr ich mich auch gegen sie wehrte, mit ganzer Kraft die Hacken weiter in den Boden stemmte, ich war machtlos. Meine Füße schoben den Schnee vor sich her, als die Soldaten an mir zerrten. Einfach wollte ich es ihnen jedoch nicht machen, deshalb ließ ich mich hängen, wie ein Sack Kartoffeln. Unbeirrt zogen sie mich weiter.

Die Männer bogen nach rechts in eine abschüssige Gasse ab, die ich nicht kannte.

»Wo bringt ihr mich hin?«

»Zum Semneramt ins Rathaus.«

Fieberhaft versuchte ich meine Gedanken zu sortieren. Was hatte ich denn Falsches getan? Wenn der Heilige Geist mir befielt, den Superintendenten zu suchen, dann muss ich das doch tun. Es wird sich gewiss alles klären.

Vor einem prächtigen Haus blieben wir stehen. Über dem farbigen Torbogen stand in großen Lettern »Der Herr bewahr deinen Eingang und deinen Ausgang« geschrieben. Darüber breitete auf dem Wappen der Stadt ein schwarzer Adler seine Schwingen aus, auf denen je ein Mühleisen abgebildet war.

Einer der Wachmänner griff nach dem Ring an der Pforte und schlug ihn krachend gegen das Holz.

Ein weiterer Soldat steckte den Kopf durch ein Fensterchen, das er kurz zuvor geöffnet hatte.

»Was gibt´s?«

»Die hier ...«, er deutete auf mich, »soll dem Amtmann Backmeister vorgeführt werden.«

Wortlos ließ er das Fenster wieder zufallen. Dann öffnete der Mann die Pforte zum Rathaus und lies uns eintreten.

Im Inneren des Hauses war es etwas wärmer. Meine Füße waren so erfroren, dass ich sie kaum noch spürte. Ich trat von einem Bein auf das andere, um wieder Leben hineinzubringen. Die Fußsohlen begannen bereits zu kribbeln, als eine Tür aufgerissen wurde, aus der ein schmächtiger Mann mit eingefallenen Wangen, die seine Wangenknochen noch markanter erscheinen ließen, und großer Hakennase auf uns zuschritt.

Mit kräftiger Stimme, die seinem Äußeren widersprach, forderte er mich auf, in die Amtsstube zu treten.

»Setz dich!«

Er reichte mir einen Becher heißen Würzwein, den ich dankbar annahm.

»Kommen wir gleich zur Sache. Einer der Messdiener der Marienkirche hat mich aufgesucht, weil du nackt in die Kirche getreten bist und die Messe gestört hast.«

»Aber ...«

»Unterbrich mich nicht! Entspricht dies den Tatsachen?«

Zögerlich nickte ich.

»Das ist eine Straftat. Bist du dir dessen bewusst?«

Ich schüttelte den Kopf.

Überrascht trat der Mann einen Schritt auf mich zu, musterte mich ein wenig genauer, als würde er etwas suchen. Dann ging er zu einem Pult, griff nach Papier und Feder und begann zu schreiben.

»Wie ist dein Name?«

»Ich bin die Jungfer Christiane Sophie Heidenreich.«

Der Amtmann kritzelte meinen Namen fein säuberlich auf das Pergament.

»Woher stammst du?«

»Ich komme aus Nebra unweit von Naumburg, geboren bin ich aber in Mertendorf im Jahre des Herrn 1727.«

Erneut schrieb er die Angaben auf, als er einen Moment zögerte. »Du bist weit gereist. Wer hat dich begleitet?«

»Ich bin allein nach Mühlhausen gekommen.«

»Allein? Was sagt dein Gatte dazu, dass du so mutterseelenallein durch das Land reist?«

»Ich sagte doch, dass ich die Jungfer Heidenreich bin, ich bin nicht verheiratet.«

Unbeeindruckt befragte der Amtmann mich weiter.

»Ist dein Vater einverstanden, dass du auf Reisen gehst?«

»Mein Vater ist tot. Er war Pfarrer in meinem Heimatdorf. Er hat sich erhängt, ja schreibt das nur auf, er hat sich auf Gottes Geheiß hin erhängt! Schreibt auch, dass mein Bruder sich ersäuft hat!«

Für einen Moment herrschte Schweigen. Der Amtmann schien zu überlegen, was er als Nächstes fragen konnte.

»Das tut mir leid. Aber es muss doch einen männlichen Verwandten, einen Vormund, geben?«

Was sollte nur diese ganze Fragerei. In der Zwischenzeit ist die Messe gewiss beendet. Wie soll ich nun den Superintendenten finden?

»Jungfer?«

Es hatte keinen Sinn. Der Mann verstand mich nicht. Was hatte denn ein Vormund mit meiner göttlichen Aufgabe zu schaffen?

»Ich muss den Herrn Superintendenten Reinhold sprechen!«

»Ist er ein Verwandter von dir?«

»Nein.«

»Warum möchtest du dann mit ihm reden?«

»Der Herr hat mir den Auftrag gegeben. Ich sollte dem ewigen Engel Gottes in der Marienkirche als Batseba erscheinen.«

Der Amtmann sah mich an, als würde mit mir etwas nicht stimmen. Er musterte mich von Kopf bis Fuß, dass es mir schon unangenehm war.

Dann kratzte er sich die Kopfhaut unter seiner Perücke.

»Kommen wir noch einmal auf deinen Vormund zurück. Wie heißt der Mann?«

Sollte ich ihm den Namen verraten? Gewiss würde er sich mit ihm in Verbindung setzen und mich abholen lassen. Dann könnte ich meinen göttlichen Auftrag nicht erfüllen und würde auf ewig in Ungnade fallen. Der Eintritt ins Himmelreich bliebe mir für immer verwehrt. Unruhig rutsche ich auf dem Schemel hin und her. Was sollte ich nur tun?

»Nun Weib, stell meine Geduld nicht länger auf die Probe! Heraus mit der Sprache!«

Als ich weiterhin schwieg, wurde der Amtmann immer übellauniger.

»Kannst du dir auch nur im Geringsten vorstellen, welch empfindliche Strafe dir droht? Dass du die Messe gestört und dich vor den Augen der Mühlhäuser Bürgerschaft in einem Gotteshaus entblößt hast, ist keine Lappalie!«

»Der Heilige Geist wird mich für mein Leiden auf Erden belohnen, ganz gleich, welche Folter oder Strafe Ihr für mich erdacht habt.«

»Folter? Du stehst hier nicht vor dem Inquisitionsgericht. Das ist lediglich eine Befragung, um herauszufinden, woher du kommst und auf welche Weise dir geholfen werden kann.«

»Ich brauche keine Hilfe. Lasst mich einfach mit dem Superintendenten reden. Mehr verlange ich nicht.«

»Es steht dir nicht zu, etwas zu verlangen. Du stehst unter Arrest, bis ich entschieden habe, was ich mit dir mache.«

Gelangweilt wippte ich mit den nackten Füßen auf und ab. Er würde schon sehen, was er davon hätte, eine Gesandte Gottes festzuhalten.

Auch mein Gegenüber schien zu bemerken, dass ich keine weiteren Fragen mehr beantworten würde.

»Vielleicht sollten wir dir erst einmal etwas zum Anziehen besorgen.«

Er griff nach einem Glöckchen auf seinem Pult und läutete es. Kurz darauf öffnete sich die Tür und ein Wachsoldat trat ein.

»Bringt sie in die Küche und gebt ihr zu essen.« Er drückte dem Wachmann ein Geldstück in die Hand. »Nimm das und besorge der Frau auch etwas zum Anziehen.«

»Jawohl, Herr Backmeister.«

Der junge Soldat drehte sich zu mir um. »Na los, du hast den Amtmann gehört. Setz dich in Bewegung!«

Die Aussicht auf etwas Essbares ließ meinen Magen laut knurren. Ich hatte seit einer Woche nichts mehr gegessen. Also stand ich auf und folgte dem Wachmann aus der Amtsstube.

Nachdem ich einen weiteren Becher Würzwein getrunken und eine herzhafte Pastete verspeist hatte, fühlte ich mich schon etwas wohler in meiner Haut. Dennoch, ich hatte versagt. Es musste doch einen Weg geben, wie ich den Superintendenten treffen könnte. Es war meine heilige Pflicht, ihm zu sagen, dass Gottes Gericht bald über das Land hereinbrechen würde. Vater hatte davon in seinen Predigten gesprochen. Ich erinnerte mich noch genau daran, wie er mir, meiner Schwester und meinem Bruder jeden Abend aus der Bibel vorgelesen hatte. Als er starb, las mein Bruder Samuel, der nach Vater benannt worden war, die biblischen Texte.

Ich erinnerte mich noch genau an den Tag, als der Oberpfarrer Christian Gottlieb Reinhold das erste Mal in Nebra predigte. Seine Stimme hatte mich im Herzen berührt. Jeden Tag besuchte ich die Predigten Christians, stellte mir vor, wie es war, die Frau an der Seite eines so göttlichen Mannes zu sein. Jeden Morgen und jeden Abend saß ich auf der vordersten Bank in der Kapelle, doch er sah mich nicht. Stattdessen nahm er sich dieses Weib, eine graue Maus ohne Verstand. Was hatte sie getan, um ihn zu verdienen? Wäre er mein, so würde ich Tag für Tag die Schenkel bereitwillig für ihn öffnen, damit er seinen göttlichen Samen in mich ergießen konnte. Ich

träumte von diesem Mann und von unserer wundervollen Zukunft während jeder Messe und in jeder Nacht.
Dann wurde er abberufen, nach Mühlhausen, so hieß es. Mit seiner Abreise fand der Traum ein jähes Ende.

Der Wachmann riss mich rüde aus meinen Gedanken. »Der Amtmann möchte noch einmal mit dir sprechen. Sie zu, dass du das hier vorher anziehst! Ich warte vor der Tür.«
Ich nahm dem Soldaten den Rock und die Bluse aus der Hand und schickte mich an, beides anzuziehen. Mein Haar kämmte ich notdürftig mit den Fingern und flocht einen Zopf. Dann folgte ich dem Wachmann in die Amtsstube, in der Herr Backmeister bereits auf mich wartete.
»Setz dich.«
Erneut war ich überrascht über die kräftige Stimme des zarten Männleins vor mir.
»Während du gegessen und dich bekleidet hast, konnte ich einige Zeugen zu deiner Person befragen.«
Als ich nicht antwortete, fuhr er fort.
»Der Wirt des Gasthauses zum Goldenen Engel gab zu Protokoll, dass du gestern in seinem Hause abgestiegen bist. Was hattest du mit dem Wasser vor, das du von ihm verlangt hast?«

»Ich habe meine Füße gewaschen.«

Die Antwort schien ihn nicht zu überraschen.

»Ein weiterer Zeuge berichtet, dass du bereits die Messe in der Blasienkirche besucht hast, bekleidet, wohl bemerkt. Er sagte, du hättest ihn nach dem Superintendenten befragt.«

Erwartete der Mann jetzt eine Antwort? Verstand er denn nicht, dass die Marienkirche die perfekte Umgebung war, um meinen heiligen Plan in die Tat umzusetzen? Wo anders als in einer Kirche würde Christian Gottlieb Reinhold die göttliche Bedeutung meiner Person wahrnehmen? Nur so konnte er in mir den ewigen Engel Gottes erkennen.

»Der Herr hat mir gesagt, ich solle als Batseba erscheinen, die sich dem König David annehme.«

»Batseba? Und der Superintendent ist dann dein König David?«

»Seht mich nicht so an! Ich habe nichts Närrisches an mir!«

»Und du glaubst, dass der Herr Superintendent von deiner nackten Haut so betört wäre, dass er dich zu seiner Frau nähme, um mit dir womöglich einen neuen König Salomon zu zeugen?«

Ich konnte den Gesichtsausdruck des Amtmannes nicht deuten. Auf den ersten Blick wirkte er verwirrt. Dennoch hatte er die Zusammenhänge mit der Geschichte aus dem zweiten Buch Samuel erkannt. Er schien ebenso bibelfest zu sein wie ich. Wieso verstand er mich denn dann nicht? Wie konnte er so blind sein und meine strahlende Zukunft an der Seite Christians nicht erkennen?

»Die Kirche nackt zu betreten und den Frieden des Gottesdienstes zu stören ist ein Verbrechen, Weib! Begreifst du das?«

Ich bin doch keine Verbrecherin. Es war der Plan des Herrn, mich nach Mühlhausen zu schicken. Der Amtmann ist ein weltlicher Richter, das musste die Erklärung sein, warum er mich nicht verstand.

»Man muss Gott mehr gehorchen als den Menschen!«

Trotzig schmetterte ich ihm diese Antwort entgegen.

»Fromme Menschen haben sich der weltlichen Obrigkeit zu unterwerfen, Weib!«

Dem hatte ich nichts entgegenzusetzen. Schweigend verharrte ich auf meinem Schemel und würdigte den Mann keines Blickes.

»Wir kommen so nicht weiter. Ich werde einige Erkundigungen einziehen müssen, bevor ich eine Entscheidung bezüglich deiner Bestrafung treffen kann. Bis dahin wirst du der Gnade des örtlichen Waisenhauses unterstellt. Die Wachmänner geleiten dich dorthin.«

Er verfasste ein kurzes Schreiben, setzte sein Amtssiegel darunter und reichte es einem der Soldaten, die mich eskortieren sollten.

Als einer der Männer erneut meinen Arm ergreifen wollte, hob ich beschwichtigend die Hände.

»Schon gut, ich werde keinen Ärger machen. Ich komme freiwillig mit euch.«

Ich folgte den Wachmännern nach draußen.

Mittlerweile war die Abenddämmerung über die Stadt hereingebrochen. Der frisch gefallene Schnee ließ die Gassen, durch die wir liefen, nicht ganz so dunkel erscheinen. Erneut setzte ich meine nackten Füße einen Schritt vor den anderen, bis ich sie vor lauter Kälte kaum mehr spürte.

»Wie weit ist es denn noch? Meine Beine sind beinahe erfroren.«

»Vor acht Jahren wurde das alte Waisenhaus geschlossen. Französische Verwundete wurden dort in das Gebäude auf dem ehemaligen Hauptmannshof einquartiert. Seitdem haben die Waisen ein Heim in der Jakobigasse gefunden. Es ist nicht weit. Einfach die Ratsgasse hinunter und dann rechts. Wenn wir uns beeilen, sind wir in fünf Minuten da.«

An einem riesigen dreigeschossigen

Fachwerkhaus angekommen, verlangte der Wachmann, der das Schreiben des Herrn Backmeister mit sich führte, Einlass. Er reichte dem Torwächter das Papier, der daraufhin nach der Vorsteherin des Hauses schickte.

Ich erschrak einigermaßen, als sich eine alte vertrocknete Jungfer mit schwarzen Kleidern, die sich mir als Leiterin des Waisenhauses vorstellte, meiner annahm. Sie stellte sich als Frau Kohlhas vor und führte mich in einen großen Raum mit mindestens vierzig Betten.

»Hier wirst du für die nächsten Tage schlafen. Der Herr Amtmann hat darum gebeten, dass ich mich um dich kümmere. Es ist schon spät, also sieh zu, dass du dich wäschst. Und, dass eines klar ist, ich will dich jederzeit bekleidet in diesem Hause vorfinden. Ich dulde keine Tändeleien unter meinen Schutzbefohlenen!«

Die letzten Worte hatte die alte Vettel mit Nachdruck gesprochen. Was glaubte sie denn eigentlich, wer ich bin? Ich bin eine keusche Pfarrerstochter, die durch eine göttliche Mission in diese Stadt geführt wurde. In den 38 Jahren, die ich nun schon auf Gottes Erdboden weile, ist mir noch kein Mann so nahe gekommen, dass ich dadurch meine Unschuld verloren hätte. Die Frau erweckte jedoch nicht den Eindruck, als würde sie verstehen, wovon ich rede, wenn ich es ihr erklärte.

»Wie Ihr wünscht, Jungfer Kohlhas.«

Als ich in der Nacht erwachte, spürte ich noch die Berührungen des Superintendenten auf meiner Haut. Es war nur ein Traum gewesen.
Wieso kam er nicht, um mich aus diesem Loch zu befreien? Er hatte mich doch in der Kirche gesehen. Tränen liefen mir die Wangen herunter, bis das harte Kissen unter meinem Kopf vollkommen durchnässt war. Sicher war es seine Frau, die ihn davon abhielt. Wenn Christian erst erkannte, unter welch göttlichem Stern unsere Beziehung stehen würde, musste er das Weib töten.
Den Rest der Nacht versuchte ich mir vorzustellen, wie es wohl wäre, wenn mein Geliebter mich heimführte. Ich stellte mir vor, welche Dinge er mit mir tun würde, Dinge, die ein Mann und eine Frau unter dem Sakrament der Ehe taten.

Kurz nach Sonnenaufgang kehrte die Vorsteherin des Waisenhauses zurück.
»Steht auf, faules Pack! Beginnt euer Tagwerk!«
Rings um mich herum hasteten Kinder und junge Erwachsene aus ihren Betten und verschwanden in verschiedene Richtungen.
»Verzeihung, Frau Kohlhas, was ist mit mir?«
Sie musterte mich, als wäre ich ein lästiges

Übel.

»Falls es nicht unter der Würde einer Prophetin ist ...«

Ich straffte meinen Rücken und zog die Schultern nach hinten.

»Feg den Boden und dann mach dich in der Küche nützlich!«

Damit ließ sie mich stehen.

Den ganzen Tag über war ich beschäftigt, Nachtgeschirr zu reinigen, Holzdielen zu säubern und Laken im eiskaltem Wasser der Schwemmnotte, die am Waisenhaus vorbeifloss, zu waschen. Meine Finger waren so erfroren, wie am Tag zuvor die Füße. Aber das störte mich nicht und ich dachte auch nicht weiter darüber nach, denn im in meinem Kopf war nur Platz für die Liebe meines Lebens.

Mühlhausen, 9. Januar AD 1766

Erneut wurde ich in die Stube des Semneramtes ins Rathaus der Stadt befohlen.
Als ich eintrat, lief der Amtmann Backmeister aufgebracht in der Amtsstube auf und ab und wedelte mit einem Papier. Wütend starrte er mich an.
»Ist dir klar, was hier geschrieben steht?«
»Nein.« Woher sollte ich das auch wissen?
Der Mann besann sich seines guten Anstands und bot mir einen Platz auf dem Schemel direkt neben dem Pult an.
»Wie geht es dir? Behandelt man dich gut?«
Ich nickte.
»Vielleicht sollte ich Frau Kohlhas anweisen, dir ein Paar Schuhe zu besorgen.«
Beschämt sah ich auf meine nackten, schmutzigen Füße.
»Nun aber zum Grund, warum ich dich kommen ließ. Hier in diesem Brief werden die Angaben bestätigt, die du am vierten Advent zu Protokoll gegeben hast. Außerdem schreibt ein Herr Johann Gottlieb Kirsten, kurfürstlich-sächsischer Beamter, dass er sich außer Stande sähe, dich aus Mühlhausen abholen zu lassen. Er macht keinen Hehl daraus, dass es ihm lieber wäre, du bliebest hier. Wie stellt der Mann sich das vor?«
Unsicher, was ich darauf entgegnen sollte,

zog ich die Schultern nach oben.

»Das Semneramt kommt im Moment für alle Kosten für deine Unterbringung und Verpflegung auf. Das kann aber nicht ewig so weiter gehen. Die Stadtkassen sind leer!«

»Dann lasst mich nur einmal beim Herrn Superintendenten vorsprechen, damit ich ihm von meiner göttlichen Botschaft überzeugen kann.«

»Nein. Ich habe mit ihm gesprochen. Er erinnert sich an dich. Er hält dich für eine religiöse Eiferin und Unruhestifterin und besteht darauf, dass man dich von ihm fernhält.«

»Aber das muss er doch sagen. Was würden sonst die ach so sittsamen Bürger dieser Stadt über uns reden? In Wirklichkeit weiß er, dass Gott uns füreinander bestimmt hat.«

Aufgebracht sprang ich vom Schemel, sodass dieser nach hinten umkippte.

»Schluss jetzt mit dem Gerede über göttliche Fügungen! Setzt dich wieder hin! Du wirst fürs Erste ins Waisenhaus zurückkehren. Ich unterstelle dich erneut der Obhut von Frau Kohlhas. Ich werde diesem fürstlichen Amtsherren einen weiteren Brief schicken, in dem ich ihn darauf aufmerksam mache, dass es seine Pflicht ist, dich hier abholen zu lassen. Du darfst gehen.«

Mit dem Läuten des Glöckchens auf dem Pult

rief er die Wachmänner in die Amtsstube. Die Soldaten eskortierten mich erneut in die Jakobigasse. Nicht, dass dies nötig gewesen wäre, ich kannte mittlerweile den Weg dorthin. Der Amtmann wollte sicher kein Risiko eingehen, dass ich mich unterwegs verlaufe.

Am Abend standen ein Paar Schuhe vor meinem Bett. Frau Kohlhas hatte also die Wünsche des Herrn Backmeister direkt in die Tat umgesetzt. Vorsichtig schob ich die Füße hinein. Was für eine Wohltat das war. Das Leder fühlte sich warm und weich an. Das Holz der Sohle schmiegte sich der Form meiner Fußsohle an. Der Schuster verstand sein Handwerk, soviel konnte ich mit Sicherheit sagen.
Normalerweise wurde ich von den anderen Bewohnern des Waisenhauses gemieden. Aber als ich mich heute schlafen legte, sprach mich ein Mädchen von etwa vierzehn Jahren an.
»Wie heißt denn dein Gönner?«
Ich war einigermaßen verwirrt.
»Was meinst du mit Gönner?«
»Na, der, für den du die Beine breitmachst.«
»Ich weiß nicht, woher du deine Informationen hast, aber ich bin eine keusche Jungfer und keine Hure.«

Ich hörte ein Schnauben in der Dunkelheit. Scheinbar glaubte mir die Kleine kein Wort.

»Ich hab doch gehört, wie die anderen sich die Mäuler zerrissen haben. Sie sagten, du wärst nackt in die Marienkirche gelaufen, um dort Freier auf dich aufmerksam zu machen. Neuerdings lungern vor dem Haus auch ständig irgendwelche Mannsbilder herum.«

Jetzt war es an mir zu schnauben.

»Das bildest du dir wahrscheinlich nur ein. Und selbst wenn es so wäre, ich habe kein Interesse an diesen Männern. Ich habe mein Herz schon vor sehr langer Zeit verschenkt. Meine Liebe gehört nur ihm allein.«

»Wer´s glaubt!«

»Du kannst glauben, was du willst. Du solltest jedoch nichts auf das Geschwätz der Leute geben. Ich für meinen Teil werde jetzt schlafen. Gute Nacht.«

»Dir auch.«

Wie jede Nacht, die ich in diesem Hause verbracht habe, träumte ich von Christian. Er küsste mir die Hand, schob seine Lippen meinen Arm hinauf, bis sie den Hals erreichten. Laut keuchend warf ich den Kopf zurück und gab meine Kehle frei, die er sogleich eifrig erkundete. Ich fasste seinen Kopf mit den Händen und schob ihn nach unten zwischen meine Brüste. Während er genüsslich daran sog, wurde mein Keuchen

immer lauter. Es fühlte sich so gut an, so richtig.
Je mehr er meinen Körper erkundete, umso stärker geriet ich in Ekstase. Ich bettelte darum, dass er mir sagte, wie sehr er mich liebte. »Bitte sag es, sag es, sag es ...«
»Christiane! Christiane, wach auf! Du schreist das ganze Haus zusammen!«
Jemand rüttelte mich kräftig an der Schulter. Ich schlug die Augen auf. Sie mussten sich erst an die Dunkelheit gewöhnen. Schemenhaft nahm ich die Umrisse eines Körpers wahr.
»Was ist denn los?«
»Du hast gestöhnt und geschrien. Ich dachte schon, du stirbst. Tut dir etwas weh?«
Ich musste ein Lächeln unterdrücken.
»Nein, ich habe keine Schmerzen. Es war nur ein Traum.«
In Wahrheit tat mein gesamter Körper weh. Jede einzelne Faser sehnte sich nach der Berührung dieses Mannes. Gebe es Gott, dass er bald mir gehörte.
Mit dem Gedanken im Kopf schlief ich wieder ein und fiel in einen traumlosen Schlaf.

Die nächsten Tage verliefen so eintönig und trist, wie die übrigen zuvor. Die Vorsteherin ließ mich härter arbeiten als alle anderen hier im Haus. In einer der ersten Nächte hatte ich versucht zu fliehen, aber die Tore waren verschlossen. Die Schlüssel trug die alte Vettel mit sich herum. Würde ich versuchen, sie zu stehlen, fänden die Amtsmänner doch noch einen Grund, mich in das Verlies im Keller des Rathauses einzusperren. Dann wäre jede Hoffnung auf die Erfüllung meiner Mission dahin.

Es war mittlerweile fast Mitte März. Ich war nun schon länger als zwei Monate in der Stadt. Der Amtmann hatte mich am gestrigen Tag noch einmal in das Rathaus rufen lassen. Auf dem kurzen Weg dorthin genoss ich die wärmenden Strahlen der Sonne auf meiner Haut.
Der Schnee war geschmolzen und förderte die Abfälle des gesamten Winters zutage. Eine Glocke pestilenzartiger Gerüche lag über der Stadt. Dieser Gestank war eine Beleidigung für jedermanns Nase. Ich war neugierig, weshalb der Herr Backmeister mich hatte zu sich rufen lassen. Hatte er endlich verstanden und würde mich frei meiner Wege ziehen lassen, damit ich meine göttliche Mission zu guter Letzt doch noch erfüllen konnte?
Die Enttäuschung war groß, als er mir mitteilte, dass er auf seine Schreiben vom 15. Januar und 26. Februar, die er auf das Amt nach Nebra gesendet hatte, nach wie vor

keine Antwort erhalten hatte. Deswegen habe er sich mit den anderen Männern des Rates besprochen. Gemeinsam wurde beschlossen, mich zurück in meine Heimat zu eskortieren. Zuvor solle ich von einem Doktor untersucht werden.

»Wozu ist das nötig?«, fragte ich den Amtmann.

»Der Arzt wird sich von deinem Gesundheitszustand ein Bild machen.«

Ich fühlte mich, als hätte ich einen Schlag in den Bauch bekommen. Ich sollte nach Nebra zurückkehren, weit weg von meinem Superintendenten. Das würde es mir unmöglich machen, die Aufgabe, die der Herr mir aufgegeben hatte, zu erfüllen. Ich verfluchte die kleingläubigen Menschen in dieser Stadt. Warum sahen sie denn nicht, wie wichtig mein Auftrag war? Die Apokalypse würde über sie hineinbrechen, weil sie mich an der Erfüllung der göttlichen Mission hinderten. Allein unser aus Liebe und in höchster Ekstase gezeugter Sohn würde daran noch etwas ändern können.

Ich warf mich weinend und bettelnd auf die Knie, doch der Amtmann blieb standhaft und verweigerte mir weiterhin jeden Kontakt zu Christian.

Auf dem Heimweg nahm ich weder die Sonne wahr, die ich hinwärts so genossen hatte,

noch den Gestank, der alles überragte. Ich fühlte mich leer. Tränen liefen unaufhaltsam über meine Wangen. Wie konnten die Menschen um mich herum nur so blind sein?
In der Jakobigasse angekommen, lief ich ohne Umwege hinauf in den Schlafsaal, warf mich auf mein Bett und weinte all die Tränen, die ich wochenlang unterdrückt hatte.

In den nächsten Tagen verweigerte ich meine Hilfe bei den Arbeiten im Haus. Wenn ich sowieso der Stadt verwiesen werden sollte, musste ich mir keine Mühe mehr geben. Vielmehr kreisten die Gedanken ständig um meinen geliebten Christian.
Einige Tage später suchte ein Herr Hofrat Doktor Juch das Waisenhaus auf, der sich von dem gesundheitlichen Zustand der Heidenreichin überzeugen sollte. Er wurde vom Semneramt beauftragt, ein Attest zu erstellen.
Der alte ganz in Schwarz gekleidete Herr mit einem ergrauten Ziegenbärtchen setzte mir ein merkwürdiges Holzrohr auf die Brust und ließ mich mehrfach ein- und ausatmen. Dann klopfte er mit seinen Fingern auf meinem Rücken herum, schaute mir in Hals und Ohren und stellte einige peinliche Fragen, die ich nicht gewillt war zu beantworten.
Er bezeichnete mich als verstocktes,

undankbares Weibsbild, bevor er ohne Abschiedsgruß das Haus verließ.

Wenige Tage später setzte mich der Amtmann davon in Kenntnis, dass ich mich für die Heimreise bereithalten sollte. Mit dieser Nachricht hatte ich gerechnet. Dennoch wollte ich nicht glauben, dass es den Leuten der Stadt gelungen war, meinen Auftrag zu vereiteln.
Ich verlor jeglichen Appetit, schlief den ganzen Tag und lag nachts wach und weinte das Kissen feucht. Es gab keinen Ausweg. Vielleicht wäre es ja für alle besser, ich wäre tot. Ich würde als Märtyrerin sterben und im Himmelreich auf Christian warten.

Mühlhausen, 27. März AD 1766

Es war noch dunkel, als Frau Kohlhas an mein Bett trat. »Steh auf!«
Ich hatte nicht geschlafen, deshalb war ich wenig überrascht, als die alte Vettel vor mir stand.
»Nun mach schon, du wirst am Tor bereits erwartet!«
Wortlos schälte ich mich aus dem Bett, strich das Kleid glatt, das ich seit meiner Ankunft in Mühlhausen trug, und lief erhobenen Hauptes an der Vorsteherin des Waisenhauses vorbei.
»Undankbares Miststück!«
Ich tat so, als hätte ich den Ausbruch der Alten nicht gehört, und stieg die knarrende Holztreppe hinunter in den Hof. Dort warteten schon die beiden Wachmänner, die mich vor der Marienkirche in Empfang genommen und ins Rathaus abgeführt hatten. Ich hatte nie gefragt, wie die Zwei heißen, aber eigentlich spielte es auch keine Rolle. Es waren die Männer, die mich fortschafften, weg von dieser Stadt, von meinem Geliebten. Sie vereitelten damit meine göttliche Mission, dafür würden sie sicher eines Tages bestraft werden.
»Guten Morgen Jungfer. Wir haben einen weiten Weg vor uns. Am Abend wollen wir

Großenehrich erreichen. Deswegen sollten wir gleich loslaufen.«

Die Wachmänner flankierten mich je einer zur Rechten und einer zur Linken. Wir liefen vorbei an der Blasienkirche, in der ich Christian am vierten Advent hatte predigen hören. Vor diesem imposanten Gotteshaus mit seinen beiden westlichen Türmen fiel ich auf die Knie und betete inbrünstig, dass der Herr mir meine Schande, das Scheitern der himmlischen Mission, verzeihen möge.

»Komm schon, steh auf! Wir müssen uns beeilen. Die Stadttore werden gleich geöffnet, dann wird es von Menschen hier nur so wimmeln.«

Ich ließ mich jedoch nicht beirren und brachte meine Gebete zu Ende. Wir liefen weiter durch die Görmargasse in Richtung Görmartor, wo gerade ein Fuhrwerk Einlass verlangte. Einer der Soldaten rief den Torwächter an, damit dieser uns passieren ließ.

»Ah, die Heidenreichin, bringt ihr die Wahnsinnige endlich heim?«

Meine beiden Begleiter fielen in das Lachen des Mannes mit ein.

Wie konnte er es wagen, mich des Irrsinns zu bezichtigen! Ich tröstete mich mit dem Gedanken, dass auch er eines Tages vor unserem Schöpfer stehen und dieser ihm den

Eintritt ins Himmelreich verwehren würde.
Schweigend wand ich mich ab und stolzierte hoch erhobenen Hauptes durch das viereckige Steintor und weiter über eine Holzbrücke, die über den Kreuzgraben führte. Linker Hand stand eine Mühle, deren riesiges Mühlrad durch das Wasser der Schwemmnotte, die nur wenige Fuß weiter in die Unstrut mündet, angetrieben wurde.
Wir hielten auf das Klingentor zu. Der Gestank der Abdeckerei vor dem Schindertor wurde wegen des Ostwinds in unsere Richtung getragen. Ich beschleunigte meine Schritte, um dem üblen Geruch zu entgehen. Die Soldaten folgten mir mühelos.
Wir liefen den gleichen Weg, den ich hinwärts auch genommen hatte. Als wir das Tor und somit die Stadt hinter uns gelassen hatten, führte der Weg vorbei an Korn- und Waidfelder geradewegs nach Görmar.
Eine Weile, nachdem wir das Dorf passiert hatten, setzte ich mich auf einen großen Stein am Rande des Feldweges.
»Wir sollten Rast einlegen, denn wir sind schon mehr als zwei Stunden unterwegs. Ich habe Durst.«
Der größere der Wachmänner reichte mir einen Lederbeutel. Zu meiner Überraschung war dieser nicht mit Wasser, sondern mit Wein gefüllt. Ich nahm einen herzhaften

Schluck und spürte sogleich die Wärme des Rebensaftes von der Kehle in den Bauch wandern. Es war noch recht frisch, aber die Sonne, die am Himmel emporstieg, verhieß einen schönen Tag.

»Ich möchte meine Notdurft verrichten, dort hinter dem Busch.«

Die beiden sahen sich fragend an, schienen jedoch wortlos übereinzukommen.

»In Ordnung, aber treib keine Spielchen mit uns. Wir werden dich ja doch einfangen, falls du zu fliehen versuchst. Dann setzt es Hiebe.«

»Schon gut, ich habe nicht vor, euch davonzurennen.«

Als ich zurückkam, hatte der kleinere der beiden, sein Messer gezückt und eine Scheibe Brot abgeschnitten.

»Hier, nimm das. Wenn du dich gestärkt hast, laufen wir weiter.« Er reichte mir auch ein Stück fetttriefende Bratwurst, das ich dankbar annahm, und biss herzhaft hinein. Die Wurst schmeckte köstlich und das nicht nur, weil ich in den letzten Tagen fast gar nichts gegessen hatte.

Ich war in der vergangenen Nacht nach reiflicher Überlegung zu dem Schluss gekommen, dass es niemandem etwas nutzte, wenn ich auf dem Weg gen Nebra vor Schwäche zusammenbrach. Sie würden mich tragen, damit sie mich loswurden, dessen war ich mir sicher.

Nachdem ich den letzten Bissen heruntergeschluckt hatte, fühlte ich mich kräftig genug, um weiterzugehen.

»Vielen Dank für das Essen.«

»Keine Ursache. Es ist einfacher dich zu füttern, als dich zu tragen«, entgegnete der Große.

Das zeigte mir, dass ich mit meiner Vermutung recht gehabt hätte. Dennoch versöhnte es mich einwenig mit den Männern.

In einem Örtchen namens Grabe angekommen, liefen wir den Weg entlang der Notter, passierten die Dörfer Körner und Österkörner, bis wir am frühen Nachmittag endlich Schlotheim erreichten. Dort trennten wir uns von dem Flüsschen und gingen weiter in Richtung Almenhausen und von da aus nach Freienbessingen. Hier begleitete uns der Bennebach, der zum Bewässern der Felder beiderseits der Ufer genutzt wurde und uns Trinkwasser spendete.

Wir mussten uns sputen, denn die Tore von Großenehrich schlossen wie allerorts, wenn die Dämmerung einbrach. Den Torzoll wollten die Wachmänner sich sparen und dafür lieber ein herzhaftes Abendessen in einem der hiesigen Gasthäuser zu sich nehmen.

»Komm Frau, nimm die Beine in die Hand. Wir haben es gleich geschafft.«

Meine Füße brannten. Trotz der guten Qualität der Schuhe hatte ich mir Blasen an den Füßen gelaufen. Ich wollte gar nicht daran denken, wie sehr sie mich auf dem morgigen Weg quälen würden.

»Wenn wir pünktlich in der Stadt ankommen, dürfte ich dort die Kirche zu einem Abendgebet aufsuchen?«

Wieder war es der Große, der die Entscheidung für uns alle traf.

»In Ordnung.« Er sah zu seinem Kumpanen. »Du begleitest sie in die Kapelle, während ich uns schon das Abendessen in der Schenke bestelle.« An mich gerichtet fuhr er fort. »Aber trödel nicht so ewig. Wir wollen früh schlafen. Morgen wird auch wieder ein langer Tag. Wir müssen es bis nach Beichlingen schaffen.«

Ich stöhnte innerlich auf. Das war ebenso weit wie der heutige Weg. Meine Füße brannten jetzt schon wie Feuer.

In der Stadt rechtzeitig angekommen erkundigten wir uns nach dem Weg zum Gotteshaus. Die Frau begleitete uns ein Stück und musterte mich neugierig. Ein Weib in Begleitung zweier Wachmänner war kein gewöhnlicher Anblick und gab sicherlich

Anlass für allerlei Spekulationen. Aber das bekümmerte mich nicht. Sollte sie doch denken, was sie wollte.

Vor dem Altar der Kirche mit seinem fast zwölf Fuß messenden Holzkreuz fiel ich erneut auf die Knie.
»Herr, bitte vergib mir meine Schuld. Es war mir unmöglich, deinen Auftrag zu erfüllen. Gewiss wird es doch etwas geben, dass dich versöhnlich stimmt.«
Außer der Stille des Gotteshauses war nur mein Atem zu hören. Warum antwortete der Herr mir nicht? Sandte er nun die apokalyptischen Reiter, um das Chaos auf Erden zu verbreiten. Es war meine Schuld, meine Schuld! Die Angst, die in mir aufstieg, drohte mich zu ersticken. Die vier Reiter brachten Krieg, Tod, Hunger und Krankheit. Und es war meine Schuld, wenn dies alles über uns hereinbrach.
Ich betete so inbrünstig, wie noch nie in meinem Leben. Es musste doch etwas geben, dass ich tun konnte, um das zu verhindern. Ich schloss die Gebete mit dem Vaterunser und folgte meinem Schatten in Form des kleineren der Wachmänner ins Gasthaus.
Die Angst war mir auf den Magen geschlagen. Dennoch aß ich meinen Anteil des Brathühnchens, das die Männer beim

Wirt bestellt hatten. Nach dem Essen wies uns der Mann einen Platz in den Stallungen zu, wo ich müde und erschöpft, begleitet vom Meckern einer Ziege und dem Schnauben der Pferde, die hier unterstanden, auf einer Strohschippe einschlief.

Erstaunlicherweise erwachte ich ausgeruht nach einer Nacht traumlosen Schlafes. Der Tag versprach genauso herrlich zu werden, wie der zuvor. Die Sonne begann soeben, am Horizont den Himmel zu erklimmen.
Der kleinere der beiden Wachmänner kam in diesem Moment zurück und war gerade dabei, sich den Hosenlatz zuzuknöpfen.
»Na, Weib, wünsche gut geruht zu haben. Bring deine Kleider in Ordnung, wir wollen los.«
»Vielleicht gestattest du mir noch, meine Notdurft zu verrichten und mich am Brunnen ein wenig zu waschen!«
Dies kam bissiger aus meinem Mund hervor, als es eigentlich klingen sollte.
Abwehrend hielt der Soldat in gespielter Entrüstung die Hände vor seinen Körper.
»Ist ja schon gut, keiner wird dich daran hindern, zu pinkeln.«
Eilig benutze ich den Abtritt und brachte Gesicht und Haare am Brunnen in Ordnung.
Einigermaßen erfrischt hielt ich auf die

Männer zu, die bereits am Eingang des Stalls auf mich warteten.

Der große Wachmann offenbarte mir die Pläne für den heutigen Tag.

»Wir werden ein paar Stunden laufen, dann machen wir Rast und stärken uns. Wenn alles planmäßig verläuft, sollten wir heute Abend Beichlingen erreichen. Dort wohnt meine Schwester. Wir können bei ihr für die Nacht unterkommen.«

Nebra, 29. März 1766

Wir waren die vergangenen beiden Tage fast ununterbrochen gelaufen. Gestern passierten wir unzählige Orte, deren Namen ich schon wieder vergessen hatte. Die Schwester des Wachmannes hatte uns am Abend tatsächlich in ihrem Haus aufgenommen. Sie bestand jedoch darauf, dass ich die Stube nicht betreten durfte, galt ich doch als irre. Wer mochte sich auch schon mit einer Geisteskrankheit anstecken?
Die Frau sorgte aber für ein köstliches Abendmahl, allein dafür war ich ihr dankbar. Meine Füße waren so wund, dass ich sie nach dem Essen in eiskaltem Wasser kühlen musste, damit der Schmerz nachließ.
Der schlimmste Teil des Weges lag jedoch noch vor uns. Er führte uns heute durch die Wälder rings um die Hohe Schrecke.
Hier musste ich trotz der wunden Füße Anhöhen hinaufklettern und wieder herunter. Es war eine Qual, die kaum zu ertragen war. Zwischendurch überlegte ich, ob ich mich nicht doch von den Wachmännern tragen lassen sollte, verwarf den Gedanken jedoch sogleich. Wie sah es denn aus, wenn Soldaten mich auf ihrem Rücken in mein Heimatdorf trugen? Schlimm genug, dass sie mich nach Nebra eskortierten, um mich dort dem

Amtmann zu übergeben. Dies würde auf Jahre für Gesprächsstoff im Ort sorgen.

Jedes Mal, wenn wir am Ufer der Unstrut rasteten, badete ich meine geschundenen Füße in dem eiskalten Flusswasser. Kurz vor Nebra bat ich die Wachmänner darum, mich noch einmal erfrischen zu dürfen, damit ich im Dorf vorzeigbar war.

Der Kleinere beäugte mich von Kopf bis Fuß.

»Du siehst in der Tat ein wenig mitgenommen aus. Ich habe nichts dagegen, aber beeil dich.«

Ich kämmte mein Haar notdürftig mit den nassen Fingern, flocht einen Zopf und legte ihn mir über die Schulter. Dann wusch ich Gesicht und Hals, klopfte mir den Staub aus den Kleidern und badete ein letztes Mal die wunden Füße im Fluss.

Aus der Amtsstube hörte ich lautes Geschrei.

»Das kann doch nicht Euer Ernst sein! Wir sind seit drei Tagen hierher unterwegs und werden auf keinen Fall unverrichteter Dinge wieder nach Hause zurückkehren. Wir haben klare Anweisungen von Amtmann Backmeister, die Heidenreichin nach Nebra zu überführen und dem hiesigen Amt zu übergeben!«

Unruhig rutschte ich auf der Bank im Flur des Rathauses hin und her. Ich versuchte jedes Wort mitzubekommen, das im Inneren des

Raumes gesprochen wurde.

»Das Amt ist nicht zuständig für diese Weibsperson. Wenn sie in Mühlhausen Unruhe gestiftet hat, dann sollte sie nach den Gesetzen eurer Stadt bestraft werden. Ich bin nicht verantwortlich für diese Misere!«

Ich hörte, wie Stühle verschoben wurden, bevor die Tür geöffnet wurde, und versuchte den Anschein zu erwecken, dass ich nichts von den Streitgesprächen im Raum mitbekommen hätte.

Die beiden Soldaten nahmen links und rechts neben mir Platz und funkelten den Amtmann Kirsten wütend an.

Der Mann mittleren Alters lief zurück in seine Amtsstube, knallte die Tür hinter sich zu und schimpfte lautstark. Kurze Zeit später war der Klang eines Glöckchens zu vernehmen, dessen Klingeln einen Bediensteten des Amtes herbeieilen ließ.

Der junge Mann wurde bereits beim Öffnen der Tür angeschrien.

»Holt mir den Vormund der Heidenreichin! Sofort!«

So schnell, wie der Bedienstete herbeigeeilt war, so rasch war er auch schon wieder verschwunden.

Wenig später betrat er erneut den Flur, gefolgt von meinem Vormund, dem Ratsherrn Johann Gottfried Neubert. Der musterte mich flüchtig, bevor er nach kurzem Klopfen in die Amtsstube eintrat.

Erneut drangen laute Streitgespräche an meine Ohren. Anscheinend war man sich nicht einig, was mit mir geschehen sollte. Nach einigen heftigen Wortgefechten wurde die Tür aufgerissen.

»Kommt herein.«

Die Soldaten begleiteten mich in die Amtsstube.

Das Gesicht des Johann Gottlieb Kirsten hatte die Farbe einer Kirsche angenommen. Dennoch versuchte er, nicht die Fassung zu verlieren.

»Ich danke euch für die Mühe, die ihr auf euch genommen habt, um die Missetäterin in ihren Heimatort zu überführen. Ihr habt den Auftrag des Mühlhäuser Amtmannes erfüllt und könnt nun gehen.«

Unschlüssig sahen die beiden Soldaten sich an.

»Verzeiht, Herr Kirsten, aber was geschieht denn nun mit der Frau?«

Er hatte nicht damit gerechnet, dass seine Worte in Frage gestellt werden, und schaute einigermaßen überrascht. Der kurfürstliche Beamte suchte nach der passenden Erklärung.

»Ihr müsst wissen, dass die Frau Heidenreich nicht arm ist. Nachdem der Vater und vor fünfzehn Jahren auch die Mutter gestorben waren, hat Christiane gemeinsam mit der Schwester Haus, Hof, Stall, Scheune und einige Ackerflächen geerbt. Sie könnte ein redliches Leben führen und hätte ein gutes Auskommen. Auch ihr von der sächsischen Waisenfürsorge bestellter Vormund, der Ratsherr Neubert, ist kein armer Mann. Finanziell ist die Frau also nicht in Nöten. Einzig ihr Hang zur Melancholie steht ihr im Wege, ein gutbürgerliches Leben zu führen.«

Der größere meiner Begleiter suchte nach Worten. »Aber ist es denn nicht verständlich, dass eine Frau schwermütig wird, wenn Vater und Bruder den Freitod suchen?«

Jetzt platzte dem Beamten doch noch der Kragen. »Das sind alles Hirngespinste dieser Geisteskranken! Ihr Vater ist eines natürlichen Todes gestorben und der Bruder studiert Theologie in Wittenberg. Da hat sie euch aber einen schönen Bären aufgebunden.«

Nein, nein, das durfte alles nicht wahr sein. Warum reden diese Männer eigentlich über mich, als wäre ich nicht anwesend?

»Ich bin nicht geisteskrank! Ich bin die Batseba und verkünde euch die nahende Apokalypse!«

Die Ratsherren und die Soldaten tauschten vielsagende Blicke aus.

Dann verkündete Herr Kirsten das Ergebnis des Gespräches mit meinem Vormund.

»Wir haben beschlossen, Christiane Heidenreich ihres Weges ziehen zu lassen. Je nachdem, wohin sie sich wendet, dorthin soll sie gehen. Wir wünschen euch einen guten Heimweg nach Mühlhausen und richtet dem Amtmann Backmeister aus, dass ich beeindruckt bin von der Tüchtigkeit seiner Wachleute.«

Es dauerte einen Moment, bis ich begriff, was der Mann gesagt hatte. Ich war frei - frei, meiner Wege zu gehen, frei, meine eigenen Entscheidungen zu treffen. Gott sei es gedankt!

Anmerkungen der Autorin

Eigentlich habe ich nur für den zweiten Band meines historischen Mühlhausen-Romans recherchiert, als ich beim Durchstöbern der Literatur auf die Geschichte der Christiane Sophie Heidenreich gestoßen bin. Ich war sofort ergriffen von dem Fall, der sich als wahre Begebenheit in der Chronik meiner Heimatstadt ereignete. Deswegen möchte ich mich an dieser Stelle zuallererst und ganz herzlich bei Herrn Stefan Droste bedanken. Durch seine Bachelor Arbeit mit dem Thema »Die Batzeba von Nebra« und die Publikation in den Mühlhäuser Beiträgen* wurde ich inspiriert, den Fall der Batseba, der für einiges Aufsehen unter den prüden Bürgern der neuzeitlichen Reichsstadt im 18. Jahrhundert gesorgt hat, aufzugreifen.
Begeistert studierte ich die Verhörprotokolle und fragte mich, wie man mit einer offensichtlich geistesgestörten Frau mit religiösem Wahn zu der Zeit verfuhr. Umso erstaunter war ich, dass die damaligen Vertreter des Amtes für Ordnung und Sicherheit (Semneramt) akribisch die Geschichte der jungen Frau in Erfahrung gebracht haben, und auch für das Wohl der Delinquentin gesorgt hatten, indem sie sie im örtlichen Waisenhaus unterbrachten.
Christiane Heidenreich wurde tatsächlich nach Nebra überführt, tauchte dann aber am 31. Oktober des gleichen Jahres wieder in

Mühlhausen auf. Auch die ihr vom Amtmann Backmeister vor der Überführung angedrohten härtesten Strafen hinderten die Stalkerin nicht daran, wieder dem Objekt ihrer Begierde nachzustellen. Sie wurde jedoch von Wachleuten an den Stadttoren erkannt und nicht nach Mühlhausen hereingelassen.

Laut den Aufzeichnungen hat man Frau Heidenreich später in einem kursächsischen Waisen- und Irrenhaus untergebracht. Was aus ihr wurde, weiß jedoch niemand zu berichten.

Es war eine Herausforderung, sich in die Gedankenwelt einer offensichtlich einem Liebes- und religiösen Wahn verfallenen Frau zu versetzen. Aber es liegt schon nahe, dass ich es zumindest versuchte, vor allem, da ich in der neurologischen Abteilung einer der größten psychiatrischen Kliniken des Landes arbeite.

*Quelle: Die "Batzeba" von Nebra. Eine Prophetin wider Willen im Mühlhausen des Jahres 1765, in: Mühlhäuser Beiträge 35 (2012), 95-105

Über die Autorin

Yvonne Bauer wurde 1972 in Mühlhausen geboren. Dort ist sie auch zur Schule gegangen und aufgewachsen. Nach dem Abitur hat sie eine Ausbildung zur Fremdsprachensekretärin absolviert und einige Zeit in diesem Beruf gearbeitet.

Zehn Jahre darauf verwirklichte sie ihren Traum und begann ein Medizinstudium, das sie sechs Jahre später erfolgreich abschloss. Seitdem arbeitet sie als Ärztin.

Bereits als Kind hat sie mit selbstgemalten Bildern Geschichten erzählt. Mit dem Schreiben- und Lesenlernen kamen dann Texte hinzu. Parallel dazu verschlang sie einen Roman nach dem Anderen, wobei sie schon immer eine besondere Vorliebe für historische Werke hegte.

Vor etwas mehr als drei Jahren hat die Autorin dann mit den Recherchen für ihren ersten Roman »Antoniusfeuer« begonnen. Dieses Buch ist ihr Debüt und der Auftakt für eine Trilogie. An der Fortsetzung mit dem Titel Marienglut arbeitet sie bereits.

Bisher erschienen:

Antoniusfeuer - Historischer Mühlhausen-Roman,
ISBN 978-3-7347-8198-8, Januar 2014

Ebola, Kurzgeschichte,
ISBN 978-3-7347-8026-4, Oktober 2014

Die Kainsprung-Hexe, Kurzgeschichte,
ISBN 978-3-7347-7560-4, Oktober 2014